AF617589

5+1=5

Rafael Sánchez Fernández

5+1=5
...(EN TOTAL MEDIA DOCENA)

Primera edición: diciembre 2024

Editamás, editorial y contenidos digitales

Dibujos:
Idea y diseño: Rafael Sánchez Fernández
Realizados por El Rubiales de Olivenza

Dep. Legal:
BA-000723-2024

ISBN:
978-84-129765-2-6

EDITA:
Editamás, editorial y contenidos digitales

MAQUETACIÓN, IMPRESIÓN Y PEDIDOS:
www.editamas.com

924 18 07 91

UNA HISTORIA MITAD REAL...
... MITAD FANTASÍA.

Toda mi intención y voluntad al intentar escribir esta historia, aunque no soy un profesional de las letras y tampoco muy prolífico con las palabras, no tengo otra forma de poder contaros ésta historia, mi historia. Quizás sea mitad real, mitad fantasía, pero enteramente cierta, y así poder reivindicar por enésima vez la necesidad que tenemos de salvar a nuestro planeta. Las ilustraciones algunas las realizan las manos e imaginación de un niño, otras con gran torpeza unas manos inexpertas...

Hemos de buscar la salvación de nuestras tierras, nuestros campos y nuestro pueblo. Si lo hicieran en otros lugares, países o continentes, quizás, así, podríamos salvar el planeta. Lo hemos condenado a muerte, todo por las ansias de poder y avaricia. La humanidad ha sido muy egoísta, y todo en nombre del... ¡¡¡ PROGRESO !!!.

"Qué niños y jóvenes adolescentes lo lean y aprendan,....

... Y los mayores ya veremos si lo respetan!!"

RECUERDOS DE FALI Y DE UN SUEÑO DE LA INFANCIA.

Introducción en la historia ...

Fali siempre pensó en el regreso, volver de nuevo en su pueblo, y no sabía bien el por qué siempre algo le recordaba que debía de volver allí, al lugar dónde llegó a éste mundo, no tenía ni idea desde dónde vino, supongo que del mismo lugar del que todos llegan. Tuvo una infancia feliz, llena de juegos, de buenos momentos en el patio del colegio, (...) de poesías en el mes de mayo en la escuela y hasta en la Iglesia. Pero cuándo realmente era feliz era en la hora de la siesta. Cuando saltaba por el tapial del corral en la casa de su abuela, se escapaba a jugar en el campo, rodeado de naturaleza, jugando a **NO pisar las hormigas,** o saltar por los aires para no aplastar la hierba, en silencio para no interrumpir los trinos de un pájaro...era algo así como que pareciera que él allí no estuviera. ¡¡Y cuánto le enseñó la Naturaleza!!. Como la mejor de las maestras, lo mejor nos enseña y espera que nosotros como buenos alumnos bien lo aprendamos. Y es así como a veces te lo recompensa, ¡qué sabia es la Naturaleza!, cuando menos te lo esperas, te da estas sorpresas. Y el niño creyó que estaba jugando mientras dormía la siesta...pero lo que ocurría era mucho más que eso.

Por allí hay un olivo muy grande y viejo, nadie recordaba cuantos años tenía ni desde cuando estaba allí puesto. Su tronco es enorme, el más grande que se ha visto a éste lado de la sierra. Es inmenso. Sus ramas juegan con las nubes y le hacen cosquillas al mismo cielo. Su tronco está lleno de agujeros, uno muy grande en el centro, a ras del suelo, lo atravesaba por entero, ¡cómo un túnel del tiempo!; en el centro del túnel sus raíces formaban un asiento, el lugar perfecto. Sentado allí en ese asiento, al resguardo del sol, del aire y

del viento y hasta de la lluvia por si fuere preciso por alguna tormenta...¡hala qué buena siesta! Se quedaba dormido durante un minuto... y por un aroma desconocido se despertaba en otro sitio distinto y desconocido para él. Parecía como si estuviera en otro mundo distinto al suyo.

No sé el por qué ni el cómo pero allí, un minuto en aquel hueco equivale a un día en el exterior y media hora, lo que dura el sueño de un niño en la siesta pasaba un mes entero fuera de él. Así comenzó la historia en la siesta de un niño, **Falito**, ahora **Fali** para todos sus nuevos amigos, que durante la misma tuvo aquel "sueño".

Sueño o no, lo que fuera, mejor que no se acabe pues sería el fin del mundo, en menos de lo que dura una siesta, en menos de un minuto.

La maestra ...

Fali comenzó a ir a la escuela y allí estaba ella, ¡la maestra¡. Que bien enseñaba las disciplinas propias del colegio, pero lo que más la distinguía del resto de docentes era el amor por sus niños, el cariño por su pueblo y un gran respeto por la naturaleza. Una persona llena de saber, amor y bondad, callaré su nombre para respetar su voluntad, creo que ella sabía de los sueños y juegos de **Fali** durante la siesta, ¿no habría sido ella también en su infancia protagonista de alguno de esos juegos ...?

Fali aprendió a escribir y a leer, mientras más leía más aumentaban sus conocimientos, pues como niño chico que era sus conocimientos eran escasos, y puso tanto empeño y esfuerzo en aprender que se fue a estudiar muy lejos, hasta que un día comenzó, sin saber bien por qué, empezó a escribir una poesía...

"¡Hola amigo!
Ya estoy aquí de nuevo,
vengo para jugar un ratito
a nuestro juego..."

FALI REGRESÓ AL PUEBLO POR AQUELLA HISTORIA INCONCLUSA...

Fali seguía pensando en su regreso, algo que no era nuevo para él, tenía aquel recuerdo desde su niñez. Algo nuevo y distinto sentía en su corazón y que le estaba atormentando la cabeza. Especialmente desde que ese mismo corazón le dio un gran susto y lo llevó a estar muy cerquita de la muerte, éste suceso fue de tal gravedad que aunque él no llegó a ver esa famosa luz del final de un túnel sí sintió como un relámpago le mostrase los momentos más importantes de su vida, especialmente su infancia en el pueblo y los veranos que pasaba en él...y aquella chica, volvió a tener una especial fijación por ella. Desde entonces solía soñar con su pueblo, recordar aquellos juegos y aquel sueño en el olivo. Ya en la juventud, aquellos veranos llenos de fiesta, pero debe haber algo más, estaba aquel recuerdo de su primer juego y que era como alguna historia inconclusa que quedó en la memoria de **Fali.**

A **Fali** *le inquietaba aquello, aquellos chicos y chicas, aquella pandilla, algo que tenían, algo que a* **Fali** *llamaba a gritos. Y* **Fali** *regreso al pueblo. Habían pasado aproximadamente sesenta años desde su marcha...pero en la historia del juego sólo han pasado ¡¡15 días!!*

Viejos amigos, aventuras nuevas, aquel niño chico, aquel jovencito con melenas, tiene ahora el pelo blanco, corto y escaso, pero aún fuerte de brazos y piernas, si acaso el corazón le flojea. Regresó sin alborozos ni fiestas, eso sí, bien recibido por ser hijo de la tierra. Todos ya juntos de nuevo, sólo faltaba una chiquilla, ella, la que ya había cumplido con su misión en esta historia, ayudó a que **Fali** *no se olvidara de su pueblo, hasta que consiguió que él volviera y así retomara el juego que empezó hace mucho tiempo.*

Con **Fali** ya en el pueblo y después de ver a cada uno de la pandilla, casualidad que eran cinco más ella... en total media docena, (**como en el cuento 5+1...**), cada uno siguió con su vida pero algo distinto se sentía por las calles y caminos.

Transcurría su estancia en el pueblo de tal forma que con sus paseos, su melancolía y hasta los recuerdos de sus amoríos juveniles, no supo encontrar el por qué de su vuelta y estaba a punto ya de no poder saber el motivo y sentido de aquella vuelta. Pero **Fali** no se rendía fácilmente y estaba convencido que la razón de la vuelta a su tierra aún no la había encontrado pero el seguía pensando que si "algo" le mantuvo vivo para su "guerra"....

Recorrió y anduvo por todos los caminos por el llano y por la sierra, no sabía de forma clara que buscaba o que es lo que le faltaba para poder entender que era lo que tanto le atraía de su pueblo. Algo recordaba pero no sabía exactamente que era, pero todo le recordaba a su infancia, a juegos, a esconderse a la hora de la siesta ...

Camino buscando la paz,
camino del cementerio
buscando en el silencio
algo de felicidad....
Siempre miramos dentro,
en el fondo del corazón
buscamos algún recuerdo
que nos hiciera ilusión.
Mejor si miramos fuera.
Cómo ver crecer la hierba,
el canto de un jilguero
te traerá el consuelo.
Escuchar, oír el silencio
quedarte mudo, sin hablar
sentir, oír al aire gritar
o como canta el viento.
Ver una mariposa volar
¡Cómo te llenará de paz!
Oler los campos sin tratar
sentirte libre de verdad.

Fali por fin va encontrando los motivos por los que debía volver a su pueblo...

Y **Fali** siguió con sus paseos, todas las mañanas, todos los días casi siempre solo o con sus recuerdos, escuchando su música preferida música., pop-rock años 70/80....

Así después de mucho andar, pasear por los campos y patear los caminos **Fali,** tuvo, sufrió un estremecimiento que recorrió todo su cuerpo, algo que no debía estar estaba allí de nuevo.., ¡otra vez habría guerra!, ¡y mil batallas para ganarla!!!.

Todo huele mal, a quemado, todo huele a muerto y no es porque esté cercano el Campo Santo. Todos los campos están arrasados, en vez de estar verdes con las lluvias del otoño, ¡Qué demonios!, están amarillos, o de un color muy feo, de color pardo oscuro. Los campos envenenados, con todas las plantas y flores arrasadas, y también las hierbas que el hombre no aprovecha, pero que todo es necesario para que la vida continúe, como lo fue siempre desde sus albores. Ahora todo está envenenado, todo muerto.

Por supuesto ni insectos, ni animales, ni tampoco aves. Sin polen las flores, ni hierba de distintos sabores; ¿De qué se van alimentar ahora todos los animales, todos, incluidos los hombres? Todo está perdido, descompuesto, si queda algún remedio hay que buscarlo sin descanso, día y noche, pasando sueño o como sea, pero hay que dar la batalla y detener todo esto. A la memoria a **Fali** le vienen recuerdos de cuando era pequeño. Por entonces los hombres recorrían los campos, los montes y los huertos, con trabajo esmero y mucho respeto por el medio se ganaban el sustento...

Camino del Valle van los labradores
sobre el hombro rastrillos y azadones,
al alba marchan juntos a sus labores
en la madrugada evitando los calores.
Sobre sus cabezas sobresalen sus armas
para hacer sus trabajos, éstas no disparan,
la humilde talega llevan colgada
llevan en la tartera sus pobres viandas.
Reponen fuerzas llegado el almuerzo
¡qué bien sienta después de tanto esfuerzo!
trocito de pan con tocino, y a lo sumo
un poquito de matanza del cerdo...
(que la devoran con ganas y a gusto)
Algunos hasta cantan viejas canciones,
hay algunas que hablan de sus amores
otras muchas recuerdan los sinsabores,
y algún que otro canta a sus sudores.
(y algunos más mirando al cielo...)
"Ay Virgencita!, sigue dándonos fuerzas
para poder acabar la sementera,
y mándanos el agua tan necesaria
te lo rogamos Virgen de la Candelaria".
Ya llegan los labradores a la plaza
no llevan herramientas ni azadones,
... sus cuerpos encorvados sobre bastones
hablan del trabajo contando sus hazañas.
Ya no trabajan, ya no doblan los riñones

ni reciben órdenes de los señores ...
todos viven de recuerdos y emociones
sus talegas, a fin de mes, son sus pensiones.

Ya no van los jornaleros al campo, sólo unos pocos con máquinas. Con sus tractores quiebran la tierra, rompen los terrones; nada de estiércol, ahora fertilizantes llenos de venenos, ya no limpian los campos, sólo herbicidas y los animalillos sin alimentos.

Fali pasea por los caminos estrujándose la cabeza, se ayuda de un bastón o vara (extraida de los brotes de su amigo el Olivo cosa que el desconocía). Mira en todas direcciones, hay tantos caminos y lo peor que cada camino llega a un infierno distinto del anterior, pero todos ellos causados por lo mismo, por y en nombre del **Progreso.**

Cada noche **Fali** no para de dar vueltas a aquella vieja idea, hay que presentar batalla de nuevo. Ya en su cama escucha como alguien le habla:

"Antes de que te venza Morfeo
habrás de hacer examen de conciencia
antes de que te venza el sueño
antes de caer en la somnolencia.
Antes de que el día esté de vuelta,
devolvamos la vida a la tierra.
¿Quién no tuvo su pesadilla
o su trauma de pequeño?
¿Quién no echa de menos

el viento cuando silva?
Recuerdo el canto del cárabo
Qué trauma!, de miedo me estremecía
el ulular del búho en la noche
quería esconderme y no sabía dónde.
Ahora todo es distinto
el cárabo no canta en la siesta
ni el búho me despierta,
y la noche queda desierta.
Que distinto está el campo
ya no es como lo recuerdo
con todo lo que llevo andando
ni animales, ni pájaros, nada veo.
Antes de que me gane Morfeo
tengo que hacer examen de conciencia
saber lo que hemos hecho,
antes de dormir la noche que comienza.
Antes de que se vayan los sueños,

antes de que llegue el nuevo día,
repasaré tranquilo mis miedos
ya tengo la alarma encendida

El reencuentro con su viejo amigo hizo a Fali muy feliz y comienza de nuevo jugar durante un sueño..

Pasaron los días, y volvían los viejos recuerdos, hasta los amigos de pandilla veían a **Fali** más serio, cada día tenía menos alegría, quizás estuviera pensando en aquel sueño de niño, o en aquella historia que quedó incompleta por su partida. O tal vez fue aquél recuerdo, el del sueño jugando en el olivo, y **Fali** quería jugar de nuevo estaba dispuesto a ello y continuó con el paseo.

Camino, recorriendo los campos y caminos
entre encinas viejas, acebuches y olivos
hasta que de pronto te veo,.....¡Mi ***Olivo****!*
Allí seguías quieto, muy retorcido.
Te recuerdo como si fuera ayer mismo
tú eres muy grande, yo muy chico,
y en tu tronca me tenías escondido
¡Q*u*é no me encontrara el otro niño!
Entre juegos de niños y jóvenes amoríos
siempre estuviste ahí, en tu sitio,
evitando que hiciera un desatino
siempre me quisiste como tu hijo.
Ahora en mi regreso voy y ¡te veo!

Ay! Mi buen amigo, estás más viejo
pero yo tampoco te ando lejos...
Y en tu tronca no quepo.
Recuerdo que de mocito paseaba,
tú como siempre estabas atento,
vigilando lo que tras tuya pasaba,
¿Yo? ¡Jugando a los amores inexpertos!..
Veo como ha pasado el tiempo
tú sigues en el mismo sitio
ahora lo voy reconociendo,
tus compañeros han desaparecido.
Sólo, junto a un camino nuevo
ya no son burros ni mulas,
ahora sólo coches y tractores circulan
por el camino nuevo polvoriento.
¿Te doy una noticia nueva?
Quizás esto sí que te alegra,
¡Desde hoy ya estoy de vuelta!
Dejo las autovías por mi tierra.
Sí viejo amigo, no hay secreto
tendrás a diario mi compañía
antes de hacerme más viejo,
volveré para siempre, para tu alegría.
Hasta mañana mi viejo amigo,
Mañana te contaré mil historias,
¿me la guardarás en tu memoria?
Ay!, mi viejo amigo, ¡mi ***Olivo****!*

Antes de volver al pueblo **Fali** se recostó sobre el tronco del olivo, "ay! Viejo amigo qué cansado me encuentro" pensó para sus adentros, apenas cabía ya por el agujero, aquel que parecía un túnel del tiempo...

Fali se sentó de nuevo en su asiento y se durmió profundamente...igual que cuando era un niño, igual que cuando se escondía en su tronca y se quedaba muy quieto. Un extraño aroma que él reconoció al momento le trae recuerdos del pasado, recuerdos de aquel juego, **Fali** aún dormido seguía inquieto, algo a su alrededor estaba ocurriendo...

"No fue todo un sueño,
dormido sí, pero bien despierto
me cubren tus ramas y corteza
dentro de ti me encuentro,
esto no tiene pies ni cabeza..."

Fali estaba intranquilo, todo ocurrió de momento, en un instante ínfimo. "Como explicarlo si miro y no me veo, estoy dentro de ti amigo. Como si fuese tu espíritu, ahí preso, pero no, no es así, estoy más libre que cuando estoy despierto". De pronto notó que sus pies estaban bajo tierra, con los pelos casi que rozando el cielo, una sensación inexplicable y con unos raros pensamientos. No sentía ni su cuerpo.

"¡Ay viejo amigo!, mi **Olivo,**
¿por qué me haces esto?.
Ahora que te necesito
vas y te quedas mudo,
háblame, dime algo...¿Qué es todo esto?
me estoy asustando mucho...".

"Siento que me estás hablando, ¿pero por qué ya no te escucho?, ¿acaso no tengo ya orejas? Afino bien todos mis sentidos, te siento y te oigo decir dentro de mi cabeza", y Fali obtuvo la respuesta del olivo: "Escúchame bien lo que te digo, lo que tú y todos vieron fue un viejo olivo, pero no soy eso. Llevo aquí muchísimo tiempo antes de que el sol fuera sol, antes de que la tierra fuera tierra, antes de naciera el agua que la riega y antes de nacer el viento que la seca. Fuego, tierra, agua y viento, yo represento algo aún más grande, soy donde se reúnen todos los elementos que formaron la Tierra, unidos por la fuerza del universo: el Amor a la Vida" .

Una nueva batalla va a dar comienzo, Fali se dispone para ella... y conoce a alguien muy especial ...

Y el viejo olivo prosiguió su relato: "Llegué aquí siendo muy joven, mi misión era evitar la destrucción del último paraíso creado y único que existe, pero ya no tengo la ayuda de mis compañeros y por eso necesito que un amigo me entregue su cuerpo, aunque sea en un sueño, aunque sea sólo un juego...". Y Fali siguió durmiendo.

... mientras estaba dormido
creyendo que todo era un juego
algo recorrió todo su cuerpo.
Como un rayo sin haberle herido,
quiso mantenerse despierto
con su cabeza en otro sitio.
Su cuerpo seguía dormido,
cuando llegó a su destino...

Fali continuaba pensando ello y continuó soñando mientras dormía...**Fali** entró por uno de los huecos, recordar que el tronco estaba lleno de ellos. De repente vio a "eso"... ¿pero qué era aquello?, y empezó a correr tras él. Quería descubrir ese misterio y no paró hasta alcanzarlo al final del agujero.

Una figura diminuta, de color azul cielo, no tenía orejas ni tampoco pelo, la cabeza muy gorda, mucho más que su cuerpo y apenas sin cuello..., la nariz como una trompa enana, ¡un solo ojo en el centro!, el cual gira alrededor de su cabeza y así ve en todas las direcciones sin girar el cuello. Tampoco tenía manos ni brazos, unos pliegues a ambos lados de su cuerpo se alargan tanto como se quiera, formándose un dedo o dos o en unas manos completas con tanta destreza que a todos sitios llega. En sí mismo era como un gran lienzo azul que se transforma en cualquier cosa u

objeto, aquí se presentaba como un pequeño duende de forma muy poco definida y con el aspecto antes descrito.

Lo que **Fali** no sabía en ese momento que el "duendecillo" había viajado desde el cielo hasta la tierra a través de su cuerpo, ¿cómo fue eso posible? Fue posible porque **Fali** siendo niño ya había dado su consentimiento para jugar en aquel juego. El duendecillo cuenta que no creció más porque viajó antes que el tiempo, que la luz del rayo en que vino le dejó poco sitio pues se trataba del viaje más largo jamás visto en el firmamento. Cuenta que nació en el amanecer del día en la noche de todos los tiempos, a la vez que el reloj de la vida se puso en movimiento....

Lo parió de la madre del tiempo, de la luz y de los sueños, dueña del día y de la noche, de las mentes y de los cuerpos, y lo parió para eso, para que salvara al paraíso del ¡¡ PROGRESO!!.

Por su condición nunca puede hacer daño ni el mal, sólo puede defenderse, nunca atacar y quizás por eso es muy travieso, pero también sabe ponerse serio. Con su rabo enroscado al cuerpo, (perdón se me había olvidado deciros que tiene un rabo muy largo, como el de un mono araña) y cogiéndome con su rabo ya despegado del cuerpo de la mano me lleva por todo el cuento. ¡Ah!, y no puedo decir su nombre, por ahora es secreto, aunque todos seguro que todos alguna vez ya lo habréis oído. Tenéis que saber que sólo aquí abajo es visible, fuera ahí arriba se transforma en cualquier cosa o elemento, lo hace antes de que nadie lo vea y en silencio, se hace el dueño de cualquier persona, animal u objeto. Sólo lo ve quien él quiere o decide, tiene un poder tan grande e inmenso que de por sí solo es invencible, pero si cuenta con la ayuda de un equipo y la de un niño...

Y el duende sigue su vida en el cuento,
ya no está solo sobre el suelo.
Siempre que sale se mueve el viento
para limpiar el aire del olor a muerto.
¿Sabéis en *qué pone todo su empeño?*
En mantenernos con vida, somos su cadena,
por la que viaja entre la tierra y el cielo,
si no quedan hombres será su condena.

Pero bueno ya está bien de tanto hablar de él y como no hay historia sin protagonista, ni protagonista sin nombre y aún sin su permiso os lo presento, él es....

¡**RINBA**!, el defensor del paraíso.
¡¡**RINBA**!!(sí con N), el travieso.

¡¡¡ **RINBA**!!!, contra el **Progreso**...

Ya se comentó que viajó para presentar batalla en la defensa de la tierra contra el **Progreso**, nunca contra la especie humana, si no contra eso que creemos que nos da la felicidad pero que contamina y arruina la vida en la **Tierra,** el único sitio que quedaba limpio y con vida en éste universo...

Rinba comienza a formar su equipo de defensores de la Tierra

Vamos a conocer a un amigo de **Rinba**, se llama **Rubí**, parece un conejo pero algo distinto a ellos, dicen que es una rata de agua, que es su elemento; tiene por sombrero, a modo de casco, el casquillo de un cartucho de escopeta, un recuerdo de la guerra que mantiene contra los cazadores y sus perros. Su pelo es de color pardo como la tierra pero que se vuelve de color rojo intenso (de ahí su nombre) en cuanto siente o ve un peligro, cuánto más cerca más brilla; de un rojo intenso para avisar a todos los seres vivos y libarlos de un mal encuentro y por supuesto a él no le ven ni el cazador ni sus perros, **Rinba** le proteje.

Siempre que entra o sale de su charca lo hace por el mismo agujero y lo hace con gran estruendo, con banda de música y con el canto de animales y plantas que no estén contaminados por el Progreso. ¿Qué cómo es la banda de música? Unas campanillas hacen de trompeta, golpeando su concha un caracol hace de tambor y el canto de un cuervo es el trombón, hasta hace de órgano un ciempiés puesto del revés que lo toca con sus, ahora, cien manos, de solista se escucha la voz de una chiquilla....

Así que cuando **Rubí** entra o sale y cambia de color todo el mundo se entera, todos se ponen en alerta pues ya se sabe que el color rojo es la señal de peligro, de un peligro que en silencio acecha, se acerca sin aviso para causar otro estropicio y de esos ya ha habido más de la cuenta. Ahora os contaré como apareció otra criaturita escondida entre las hierbas, sola sin su madre, se quedó dormida y a lo lejos se oye otra vez la rehala de perros de caza, ¡Qué son perros de caza y presa!

Deprisa, deprisa, **Rubí** dió la alarma y la cervatilla ya está en alerta, se quedó quieta para que los perros no la vieran, los perros pasaron de largo y el cazador se desespera. Sólo **Rinba** lo sabe, él tomó su cuerpo y así la hizo invisible salvándola de los perros. Esta cervatilla es la única de su especie que queda sin contaminar en

la reserva. Ella aún está limpia no tomó leche de la madre y menos aún comió hierba, y libre de veneno **Rinba** pudo tomar su cuerpo. Aún no tiene nombre y los demás se dieron cuenta de ello, entonces **Rinba** la bautizó en una pequeña ceremonia… ¡INMA!

Nació en primavera la cervatilla,
con piel parda y manchas blancas
tuvo que crecer sola, sin su familia
su padre murió en la caza,
el mismo hombre, los mismos perros,
su madre para salvarla partió huyendo
y no tuvo mayor desgracia
que caer por un desfiladero…
Dejando sola a la pobrecilla.
Por eso y por estar limpia de veneno
Inma entró en la pandilla.
Como dueña de la tierra….

La historia de **NANIM** es bien distinta, padre de familia y jefe de la tribu de las mariquitas, si esos bichitos coloraos , que son como los sanitarios del campo y también los en-

cargados de los servicios de contraincendios, con ellos el campo está a salvo.

El trabajo de **Nanim** es de los más importantes, es el enfermero y sanitario que limpia a plantas y flores de parásitos y pulgones, y que con cortafuegos domina a los incendios. Sin descanso rescata a los perdidos y heridos en la contienda.

Los insectos se organizan por escuadrones, **Nanim** es el comandante de todos ellos y dirige a la tropa al sitio que más se la necesite en la batalla, allá dónde más faltan hagan pues la victoria es necesaria, sí o sí se ha de ganar aunque haya muchas bajas. Ellos saben luchar contra pulgones, cochinillas y parásitos pero ya contra el **Progreso...,** además el veneno cada vez es más fuerte.

Tan pronto suena la alarma **Nanim** levanta el vuelo reúne a sus tropas y activa la defensa aérea junto con la infantería. Con fuego despeja el camino para la retirada y a la vez así detiene al veneno por unos momentos. Luego ya en retirada hacia zona no contaminada va avisando a todos, dándoles también la alarma. Alerta a todos, flores y plantas, pájaros e insectos, a todos les comunica que llega el veneno y se cerciora que le entiendan.

Pone a salvo a pequeños, mayores y enfermos, **Nanim** se ganaría otra medalla si no fuera por lo que atrás se queda. Allí queda un insecto que ni se inmuta, aunque ella también se asusta no le queda más remedio que salvar a su colmena...a pesar de que **Rubí** dio la alerta **BELINDA** se queda.

¿Lo habéis adivinado?, ésta abeja es **Belinda** la mejor defensora de la Naturaleza, y tiene un trabajo que realizar de los más importantes, sin ella la vida no tendría continuación, son las que transmiten la vida de generación en generación, sin la polinización no habría nuevos frutos o semillas, que son el origen de todo vegetal o planta viva.

Aquí ya tenemos a los cuatro primeros miembros de la pandilla, que cuando se juntan no hay quien pueda con ellos, van todos a una...

Rubí, en el agua...

Inma, en la tierra...

Nanim, con el fuego..

Belinda, en el viento....

¡¡Por fin se reúnen los cuatro elementos que formaron la tierra!!Pero como ya sabéis no son cuatro sino que son cinco, sólo nos falta conocer al quinto que quizás sea el más grande, ella es inmensa, tal es su fuerza que ella es quien limpia y ordena el Universo.

Y ella fue a nacer bajo las sombras de las estrellas, por eso brilla tanto. Ya desde muy chiquitita destacaba, no había polluelo en ningún nido que tuviera esos colores tan vivos, de por sí ya era distinta antes de salir del huevo, por cierto el huevo también era un poco raro en su cáscara habían grabadas unas hélices de colores. No sabía volar pero sus plumas colgaban por debajo de las estrellas, flotaban en el cielo y eran de tonos verdes, rojos, amarillos, azul esmeralda, las auroras boreales son los reflejos de sus plumas cuando las agita suavemente. Las plumas que forman su cola son inmensas y muy fuertes, de los mismos colores que forman el Arco Iris y por supuesto que son siete... Ella es así y se llama ¡¡**ANHA**!!.

Anha inicio su primer vuelo y ya dio el primer gran susto, desconocía sus fuerzas. No supo ni pudo controlar esas plumas tan inmensas, necesitaba un maestro tenía que aprender a dominar el vuelo y controlar sus fuerzas. Siendo como es una princesa, (supongo que habréis adivinado que es un ave del paraíso, la reina de las aves), es

algo muy especial. No hay nada más hermoso y bonito que domine el cielo, ni nada más bello que su vuelo, ¡pero ojo¡, también es un arma letal, es mortal. ¿Recordáis de los dibujos que había en el huevo, unas hélices...? Haciendo girar sus alas domina los vientos del universo.

Anha! *Eres un gran portento*
pon tus alas en moviento,
que así provocas el huracán
que hace huir el ***Progreso*** *para atrás...*
y el veneno ya no esparce
por todos sitios y lugares....

Y por tener ese gran poder **RINBA** la incorporó al equipo y ya tenemos a los cinco defensores del planeta. Son y siempre serán defensores ellos ni atacan ni son vengadores, su misión es salvar, defender a la tierra del venenoso avance del **Progreso**

Formación del equipo de 5+1=5 ...en total media docena. Aclaración de porque Rinba se llama así por ese nombre.

Recordemos el equipo tenemos, son los CINCO defensores, ¡vaya equipo!, en el que los cinco son uno, y uno sólo está en los cinco y entre todos son media docena. Recordáis todos sus nombres..

Rubí, el super conejo o rata de **agua**, en su elemento.

Inma, la cervatilla, con ella la **tierra** tiembla.

N**anim**, la mariquita, domina el **fuego**.

Belinda, la abeja.

Así a la vez ya tenemos juntos a los cuatro elementos que forman la tierra... y además está **Anha**, el ave del paraíso que con la mayor fuerza del **universo** es capaz de juntar a los cuatro anteriores y los prepara la batalla final porque ella es el **quinto elemento**. ¿Y qué falta en éste equipo, parece que no está completo?, tienen que estar todos para poder vencer al **Progreso,** pero ¿no eran 5+1=5,en total media docena?.¿ Pero no son seis la media docena?.

Rubí, **Inma**, **Nanim**, **Belinda** y **Anha** ¡Pero si sólo hay cinco!, ¿Quien puede ser el sexto?, ¿Será acaso **Fali**? No, **Fali** tiene otra misión..., y sí, son seis. Son ellos cinco más ¡**RINBA**!, ya os lo dije anteriormente que todos son uno y uno sólo está en los cinco...

¿Ah! Que ya lo habéis visto, ¿O a caso no veis a **RINBA** escondido?, atentos os lo muestraré en un momentito:

Si cojemos la **R** de **Rubí**,
y tomamos la **I** de **Inma**,
que se juntan con la **N** de **Nanim**,
delante de la **B** de **Belinda** y
terminamos con la **A** de **Anha**....

¡¡ Ya lo visteis!!, ya sabemos quién es quién, cómo y dónde está ¡¡¡RINBA!!!

Aquí está la explicación del porque son Cinco más Uno y sólo ese Uno está en los Cinco y en total son seis, media docena, y así comienza la historia de los **CINCO DEFENSORES DE LA TIERRA...5+1=5....***en total media docena.*

Todo comienza de nuevo y una nueva batalla está a punto de comenzar, pero ésta vez Rinba y Fali no estarán solos, tienen refuerzos...

Todo retornaba a los antiguos tiempos, pero cómo puede ser que **Fali** aquél niño inquieto esté ya casi que viejo, ¿cómo pasó tanto tiempo?, pero allí no había pasado tanto, como todos sabemos un día dura un minuto, el mes media hora, en un día transcurren cuatro años completos y un mes de aquel tiempo para nosotros son 120 años. Y han transcurrido ya 60 años hasta el regreso de **Fali.**

Fali no tardó en darse cuenta que a su vuelta, en la historia del olivo y en su juego de niño sólo han pasado 15 días. Pero el niño mayor ha vuelto, apenas recuerda cosas de su infancia y poco a poco va encontrando las repuestas. Él siempre tuvo en el recuerdo aquella historia que le hizo volver, una historia de un cuento... y de sus amigos de infancia, la escuela, su pandilla de discoteca, hasta aquella amiga que fue en el recuerdo el nexo de unión de **Fali** con su pueblo.

Todos los días se acerca hasta el campo a ver a su amigo, el viejo olivo, su gran amigo pues hay algo en sus adentros que le dice que sólo allí encontrará la respuesta.

Un día llegó junto al olivo cansino, hacía calor, mucha, era la hora de la siesta no sabía porque fue ese día tan pronto y estaba muy, pero que muy cansado, y habló muy despacito a su amigo:

"me sentaré aquí un ratito contigo y aunque apenas quepo lo haré en mi asiento preferido", y **Fali** entró en un sueño profundo.

Y todo comenzó de nuevo. Todo el entorno entró en tal vorágine de movimientos que el mismo tiempo parecía haber retrocedido 60 años. Algo en silencio sujeta a **Fali**, firmemente pero sin fuerza, sin causar daño o dolor y en medio de un sopor producido por aquel aroma, ¿desconocido?. Para **Fali** no lo era, él recuerda ese aroma que lo envuelve en sueños y de nuevo **Fali** se ve dentro del olivo, se veía en las ramas, en el tronco ,en las raíces.... ¡todo el olivo otra vez de nuevo era **Fali!**.

Y ahora justo cuando sólo habían pasado 15 días en la historia del cuento empezaba otra batalla, de nuevo habría guerra. **Fali** notaba el frio y casi que enfermo allí estaba de nuevo. Igual que como cuando era niño quería acabar con aquella vieja historia y ganar la guerra y así a la vez sus amigos y el mismo sabrían la verdadera razón de su vuelta: él se debía a la vida, él pertenecía al olivo, a su pueblo y sus campos, a las riberas y a sus amigos.

Volvió allí con el olivo para conectar el cielo con la tierra y todo ello a través de su maltrecho cuerpo, su misión en el juego comenzaba de nuevo. Toda una vida y sólo se ganó una batalla pero no la guerra y ahora el **Progreso** es mucho más fuerte con diferentes venenos y cada día tiene más adeptos ávidos de ganar mucho dinero sin importarles los desperfectos. **Fali** ya se había introducido en el olivo por aquel agujero con valentía para enfrentarse a todo aquello. Para luchar y vencer al **Progreso.**

La batalla llega y por fin el equipo de 5+1=5.. entra en ella. Hay que vencer y ganar la guerra...

Inma *estaba dormitando*
descansa bajo un álamo
medio dormida escucha un canto
un canto y un llanto.
Atenta levanta una oreja
Oye chillar, alguien se queja
Se levanta, mira, olfatea
¡se acabó la siesta¡
¡viene el progreso!
¡Alarma¡, ¡alarma¡, grita dando la alerta
vienen esparciendo el veneno
para matar las hierbas
todo en nombre del progreso
y por avaricia las queman.

¿Pero qué es eso y por no es bueno ese tipo de progreso? Son las ideas y las formas de vivir que adoptan los hombres para vivir con más confort, aún a costa de terminar con la vida en la tierra. Y no se dan cuenta que los que más van a perder son ellos precisamente, pues para todo utilizan lo más negro del universo, lo más negro de lo muerto.... Todos sabemos que toda materia viva al morir se descompone, que su parte buena el cielo la recoge y la mala se entierra. Que todo lo que se devuelve a la tierra haya muerto haga cien, mil o cien mil años en lo más profundo se queda. Y en la profundidad del suelo todo se vuelve de color negro, el color del **petróleo**, el color del **Progreso.**

Ahora los hombres con gran alegría y regocijo lo utiliza como energía, como abono o pesticida, hasta guarda sus alimentos con plásticos, que también contaminan, en vez de en vasijas de barro como toda la vida. Todo ello por la avaricia, la gran aliada del **Progreso**.....Si pudiéramos entender a **Inma** y entender su reflexión sobre lo que nos acontece....

"¿Es esto el "progreso"?
¿Despreciar y matar a todo lo que nos da la vida,
que todo sea víctima del poder y la avaricia?
¿Terminar con toda criatura viviente,
aunque acabe matando a su propia gente?
Si esto es lo que quieren
mejor que los hombres terminen.
Pero seamos prudentes otra vez más los demás
e intentemos ayudar a esa pobre gente
a veces, engañados no saben, ni sienten
que todo a su fin llega
si no cambian rápidamente...

Y así de un golpe con su pata delantera **Inma** nos advierte, nos pone en alerta y lo da con tal potencia que hace temblar la tierra. Y siguió con los golpes de su pata delantera.

A las antenas de **Nanim** llegan unas ondas aterradoras que hacen que tiemblen de forma persistente y muy fuerte, **Inma** ha dado la alarma, y ya se sabe de qué se trata, comienza otra vez la batalla, otra guerra y para ello se prepara.

¿Cuántos animales morirán, cuántas plantas se doblegarán o cuántas se quedarán con sus hojas lacias?...**Nanim** tocó zafarrancho de combate y todos sus ejércitos emprenden el vuelo, van en todas direcciones, especialmente al frente de batalla, a la lucha con la muerte. Los demás van recogiendo a los pequeños ayudando a los heridos, avisando a los mayores de que huyan lejos a los campos de olivos, que ahora allí se está seguro, que el veneno ahí no entra pues aún no han recogido la cosecha.

Y por entre las viñas el veneno entra
pues ya las despojaron de sus frutos,
y avanza muy rápido por la tierra,
viene matando y repartiendo sustos
por los caminos y veredas estrechas
siempre lo mismo es muy bruto
llega sobre un monstruo con ruedas.

Nanim con la ayuda de su defensa antiaérea formada por los olivos que junto a la infantería que formada por las viñas forma es una gran barrera que desafía al monstruo.

Progreso va ganando la batalla
parece que ésta es más larga
¡*Cómo* se puede ser tan canalla
que no le importen tantas bajas¡
Hasta que ***Belinda*** *estalla*
que ya está pero que muy harta
de tanto despropósito y no calla...

Como ya os conté **Belinda** lo primero que hace es defender su colmena y con ello defiende a la Tierra y empieza a acosar al responsable de aquél ataque. **Belinda** de pronto emprende el vuelo, un vuelo suicida, ella sabe que morirá en el intento pero no le queda otra solución, o salva su vida o la de la colmena. No tiene dudas, da su vida por salvar a sus compañeras, a muchísimas larvas indefensas y a la garante de su especie, su reina.

Ella es una de las criaturas más inteligente del planeta, sabe que sólo ella no podrá contra el enemigo que viene ese monstruo de hierro que es muy duro y fuerte, que trae mucha muerte y la viene esparciendo, pero ya ha está estudiando como vencerle.

Belinda *emprendió el vuelo*
toda ella llena de furor
sube muy alto, hasta el cielo,
al responsable le llena de estupor,
que un ser tan pequeño
le presente una batalla tan valiente.
Aunque él puso todo su empeño
no pudo detener aquél aguijón ardiente
que le atravesó la piel, en su frente,
causándole así tanto dolor
que le hizo retroceder de forma urgente¡¡¡

Mientras **Belinda** reposa agotada sobre los pétalos de una campanilla de color violeta, mientras otra, haciendo de trompeta comienza a tocar una canción de tonos fúnebres y de repente cambia la letra y ahora la sonata ya no es una canción de despedida, ¡ es el Himno de la Alegría¡.

"Escucha hermana la canción de la alegríaaa...
El canto alegre del que espera un muevo díaaa..."

Belinda ya repuesta ayudó con el batir de sus alas a terminar la interpretación de la novena sinfonía, la gran obra de un gran genio (pero eso ya pertenece a otro cuento). **Belinda** también recordó que ya antes, otras veces, le había pasado lo mismo, que después de utilizar y clavar su aguijón no se moriría, y por eso seguía con vida y con su pica bien dispuesta en el extremo de su cuerpo.

Ella todavía no sabía que cada vez que defiende su campo, a su reina y a su colmena hay algo que cambia su cuerpo, que la transforma y ya no es ella. Es **Rinba** que tomando su cuerpo, que lo hace inmortal en esos momentos. Por eso **Belinda** se incorporó al equipo para defender a la tierra, ella estaba limpia sólo comía néctar.

Tal y como sigue el cuento sigue... El hombre salió corriendo, herido pero no de muerte, muy dolorido en su frente y con los ojos hinchados ya que **Belinda** realizó muy bien su trabajo. Pero el campo y la tierra siguen en peligro pues aparte del veneno esparcido, en el depósito del monstruo, quedan miles de litros, tantos como para terminar con el mundo conocido.

El monstruo continuaba vertiendo veneno, el motor seguía estando en marcha y el viento lo sigue esparciendo, el **Progreso** va ganado la batalla y la guerra pues ya con tanto veneno sobre y bajo el suelo, que el agua lo arrastra y lo reparte por toda la tierra. No hay ningún rincón ni ningún sitio que quede limpio, todo se ha contaminado y no hay nada vivo que con vida quede.

Por fin Fali es necesario y así cumple con su sueño de ser partícipe en la batalla

Fali seguía allí quieto, aún dormido, aunque a veces se agitaba en sus sueños, finalmente consiguió "conectar" con **Rubí** la rata de agua, **Fali** reaccionó desconcertado, "¿Cómo es que no me haya enterado? ¿Porque aún no han logrado vencer al **Progreso**, no han podido con él?", un tanto enojado consigo mismo se dirige a **Olivo**, le habla musitando casi que llorando: "Ay¡ viejo amigo si estaba aquí dormido en el asiento escondido por qué no me has avisado?".

Y Olivo le contestó a **Fali** y en su respuesta fue muy escueto: "Aún no es tu tiempo, no en ésta batalla, pero vete preparando para ganar la guerra, cuando yo te lo diga debes poner en contacto el cielo con la tierra". Esa fue su respuesta y **Fali** seguía sin saber que podría hacer hasta que vio a **Rubí** correr y correr, y salió corriendo tras de ella.

Rubí siguió y siguió corriendo hasta que vio cómo se reunían los cuatro defensores, **Rubí, Inma, Nanim** y **Belinda**. Estaban viendo que el desastre continuaba, que el veneno estaba avanzando, y que el **Progreso** seguía tan campante.

Y desde ahora y en adelante los cuatro unirán sus fuerzas, **Nanim** con sus ejércitos de infantería y defensa antiaérea, **Belinda** con su aguijón siempre dispuesto para atacar dónde y a quien sea, e **Inma** da un gran golpe en el suelo con tal fuerza que tiembla la tierra tanto que hasta se abre una gran grieta y **Rinba** grita:

Nanim *dirige a todos en la batalla*
hay que empujar a la bestia hasta la falla
con ayuda caerá en ella hasta lo más profundo
y así salvaremos al mundo.

Para que allí bajo tierra, de dónde nunca debía haber salido, se convierta otra vez en materia negra dentro del abismo y que con un semáforo rojo se le impida la salida...

Exhaustos por la batalla
y no querer abandonarla
a punto de pedir auxilio

Rubí *quiso entrar en la pelea*
pero su rojo no era rojo
no pasaba de amarillo.
¿ Pero *qué es lo que pasa,*
qué es lo que me pasa?.
Amigo, amigo, ¿Dónde estás ***Olivo****?*
¿Acaso no oyes mis gritos?
¿Qué es ese escándalo?
Contestó **Olivo** *bostezando…*

a mí no me gritéis que soy todo oídos.

"Y por qué me llamáis a mí, acaso no habéis probado en llamarla a ella? Ya os enseñé como hacerlo, todos a la vez poneros la mano en la boca, como para hacer eco; gritar su nombre mirando al cielo y cuando ella aparezca cerrar los ojos pues su brillo intenso puede dejaros ciegos".

Y **Olivo**, ésta vez sí se dirigió a **Fali** : "¡Ya llegó tu momento!, presta tu cuerpo para que **Anha** vuelva a través de un rayo desde el cielo hasta la tierra". Y **Fali** ya se preparó en el asiento en las raíces de **Olivo**.

Es hora de gritar todos a la vez:

ANHA!!, ANHA!! ANHA!!, ven acá volando,

ANHA!!,ANHA!!, ANHA!!, ven a ayudarnos,

ANHA!!, ANHA!!, ANHA!!, te necesitamos....

Brurunnm....brurunmmm...., pareció que se rompía el cielo con tantos rayos y truenos, todo con gran estruendo. **Anha** apareció descendiendo del cielo y mil colores se esparciendo por todos los rincones, por todos los sitios por inimaginables que fueran, a la vez que liberaba a inocentes va castigando a los malhechores, va cegando con su luz al **Progreso** y a sus seguidores.

ANHA!!, ANHA!!, ANHA!!, tú eres la reina,

ANHA!!, ANHA!!, ANHA!!, ayúdanos en la batalla

ANHA!!, ANHA!!, ANHA!!, contigo ganaremos la guerra.

Entonces **Anha** desplegó sus alas, con unas plumas tan largas que se perdían de vista en el horizonte, ¿Y os acordáis de cómo eran las pinturas que había en la cáscara del huevo del que

nació **Anha**?, **Anha** agitó sus plumas y moviendo sus alas como dos potentes ventiladores limpió el aire y fue tal el viento que se formó que llevó todo el veneno lejos, muy lejos de allí, hasta hacerlo desaparecer con un **viento especial y espacial** por todo el universo... otra batalla ganada, pero aún no se sabe si ganaron también la guerra.

Termino la batalla con la victoria de Rinba y su equipo, hubo cambios, pero Fali...

Cuando **Fali** despertó y dejó de ser niño, despertó de la siesta dolorido, un sudor frio corría por su frente y su espalda, estaba como muy enfermo y un fuerte dolor en el pecho... muy blanco por el esfuerzo, cómo su pelo. Cuando despertó se vio rodeado de médicos, tantas y tantas batas verdes y blancas que creyó que ya estaba muerto, pero ¡¡Nooo!!, no estaba muerto se había recuperado de tanto esfuerzo soportando la fuerza de aquel rayo y con él no pudo ni el infarto. (¿Sabéis?, **Rinba** le ha salvado otra vez).

Ya repuesto del susto **Fali** regresó al pueblo, rodeado de su pandilla, de su familia y amigos. Todos se comprometieron a seguir con la lucha que iniciaron los **Cinco Elementos**. Juntos empezaron a planear cómo conseguir ganar la batalla final, primero valorando los daños que se le habían causado a la Tierra y cómo podrían subsanarlos y se dieron cuenta que hay daños tan grandes que costará mucho tiempo, muchos años y siglos en poder ser reparados.

¿Cómo reponer y ver de nuevo a tantas especies ya muertas?, ¿Cuántas plantas desaparecidas?, ¿Cuántos animales extinguidos?, y sobre todo, ¿Cuánto tiempo?. Y ya no se hablaba en los términos temporales de los hombres en Tierra cuento, sino en tiempo del cuento que es mucho más lento. Cuantos siglos o milenios estará llorando la Tierra, muchos, hasta que todo el veneno esté bajo ella, enterrado y descompuesto, otra vez bien muerto; todo de color negro y que allí por siempre quede enterrado el **Progreso**, que del suelo ya no volvamos a sacar más... **PETROLEO NEGRO¡¡¡**.

Todos hicieron una promesa, y fue tal su compromiso que en su vida cotidiana empezó a desaparecer todo rastro y derivados de lo malo, de la parte mala del progreso, esa en la que el de negro (el petróleo, ¿Queda claro?), va contaminando. Agua, tierra y aire tienen que estar a salvo.

En pocos años "algunas fábricas" fueron cerrando. La energía y los alimentos, las medicinas y hasta las viviendas, todo procedía de la Naturaleza. Que todos sepan que uniendo sus fuerzas los **Cinco Elementos**, agua, tierra, fuego y viento, unidos por el quinto elemento, las fuerzas del universo podrán seguir ganando batallas. Que son muchas las que quedan pero **Rubí, Inma, Nanim, Bellinda y Anha** no están solos .Ya sabéis son **5+1= 5**, pero **RINBA** está en todos ellos y son media docena. Y **Rinba** es el mayor y único poder que puede cambiar el mundo, lo más grande que jamás existiera.. **RINBA es EL AMOR, la mejor y más grande energía que hay en la Tierra.** Sólo hace falta que un niño o una niña crea en ellos y no tenga miedo a jugar en éste juego aunque sea en un sueño, pues **Fali** y todo el equipo de **5+1 =5** ... lo habían hecho lo mejor posible, el no estaba convencido de que hubieran derrotado totalmente al **Progreso**.

Pero no todo es alegría en el final de los cuentos, algo ésta vez está fallando....**Fali** cayó enfermo, tanta lucha y tanto hacer por salvar la vida que la suya corría grave peligro. Un día después de visitar a su médico en la gran ciudad y conocedor de su dolencia se sentó junto un roble, abstraído en sus recuerdos no vio llegar a una niña, una bebe muy linda, mirándola fijamente **Fali** palideció pero no dejó éste mundo durante unos segundos casi que eternos hasta que aquella madre le socorrió y aún así quiso reconocerla. **Fali**

siempre recordará aquella mirada que fijamente le dedicaron aquellos ojitos, pequeños pero inmensos y de unos colores nada corrientes y comprendió quien podría ser aquella niña. El ya nada pudo hacer pues su suerte ya estaba echada y su destino ya reescrito por dos veces de forma que ya posteriormente ya no se podía hacer nada para poderlo cambiarlo de nuevo. Pero aún quiso hacer un último intento, sino para si por lo menos que aquella bebe pudiera seguir y ser una de sus sucesoras.

Fali antes de expirar había llamado a un buen amigo, buen conocedor de sus aventuras con Olivo, en un extraño idioma que nadie sabe dónde ni cómo **Fali** aprendió le dio unas órdenes que el sólo entendió. **Fali** al ver de nuevo a aquella niña reconoció en ella unas facciones muy familiares y por fin comprendió quién era realmente. En ese momento **Fali** sonrió y aún expirando su vida todavía cantó una canción tan extraña como extraño era el idioma en que lo hizo y que si pudiéramos transcribirla seria algo como que así:

Eres de las grandes aun siendo tan diminuta
eres perfecta y con las raíces justas.
Quizás sufras por ser muy guerrera
quizás sufras por tus dudas.
Para mi eres la primera
por mí que seguirás con la disputa...
porque para mí tú *eres La Hija de la Luna.*
¡Hija de la Luna!
Que sepas algo muy importante,
que sepas que como tú ninguna ...
¡Hija de la Luna!
Los colores de tus ojos son mi estandarte
los colores del Arco Iris los configuran...
¡Hija de *la Luna!*
Sé que brillarás más que el sol
sé que encontrarte es mi gran fortuna...
¡Hija de la Luna!
Sabré de tu fuerza y de tu rol

sabré de tu lucha desde mi tumba...
¡Hija de la Luna!
Yo soy quien un día defendió la Tierra
yo soy a quién también me darán por muerto
y tú vivirás para defenderla.
¡Hija de la Luna!
A ti y a otra estrella, tu compañera
a ti y a ella mi legado y espíritu os entrego...
¡H*ija de la Luna!.*

Esta canción quedó escrita en una carta que **Fali** mandó guardar junto al primer ejemplar escrito de su historia para que fuese puesta a reguardo del Progreso o de sus seguidores en el interior de su amigo, el Olivo. O tal vez fuera entregada a alguien que pudiera tenerla bien custodiada con seguridad y mucho cariño

A Fali le llevan por el camino del cementerio, aquel que tanta felicidad le había dado siempre el recorrerlo, y ésta vez no habría regreso y la vida prosiguió su camino según estaba en los libros...

Camino del cementerio
¡Hablando ya con los muertos!
y sólo de lo que siento
sólo siento el silencio...
Con la vida ya resuelta
dejando los sentimientos
ahora lloro a la vera
camino del cementerio.

Por el camino del paseo
va todo el pueblo entero,
un camino concurrido
¡Camino del cementerio!

Y ésta fue la historia que hizo que **Fali** volviera a su pueblo, él siempre quiso descansar en su tierra, y como todo lo muerto debe de estar bajo ella los vecinos y amigos le dieron sepultura en el Campo Santo de la localidad, y para todos ellos dejó algo escrito, ¡Cómo no en otro poema!, dirigido a quien sabe a qué persona natural o descendiente del pueblo que quiera seguir soñando con el cuento y que tenga esa esencia...

Atentos a lo que os pido
si el corazón me falla
si ella quiere ¡Qué vaya!
Sólo ella en mi sitio.
Todos sabréis su nombre
todos sabéis el qué y el dónde.
Lo dejaré por escrito
pero su nombre ya está dicho
Sin lágrimas ni tampoco flores
y sobre mí que no llore.
No pongáis letras ni nombre
sólo poner "¿Por qué?"
No buscar culpas ni causas
sólo buscar soluciones
que el progreso me asusta
dándoos más ambiciones.

Tenemos "to" el derecho
el de luchar tantos años,
¡*Más* de sesenta han hecho¡
Desde que llegó el daño.
Sólo sobre la lápida
sólo una frase sencilla...
"Quién por **Fali** *respondía*
sigue esperando a esa niña".

Quizás esperase a una en particular, quizás aquella que junto jugaba con él y con **Olivo** o quizás esperaba ya a esa otra niña, chica joven o ya mujer que quiera ocupar su puesto en el juego. Pues queriendo ser justo y sabiendo del potencial del poder femenino, pensó que lo mejor sería que una mujer fuese la conexión entre el cielo y la tierra. El ya experimentó lo duro que es. Así que para continuar con la lucha de ésta historia y poder al final ganar ésta guerra hace falta que una chica natural o descendiente del pueblo tenga los años que tenga, quiera tener el sueño y desee seguir jugando en la continuación de la historia en la segunda parte del cuento. Si en la primera lo fue **Fali** ahora que lo sea la que más lo desee y quiera, que si está libre de todo veneno y reúne otras condiciones seguro que **Rinba** estará de acuerdo.

Y ya sabéis, **Rinba es el Amor** en estado puro, que los defensores fueron **5+1=5 (en total media docena),** y que se sigue buscando a esa nueva amiga, que conozca bien los olivos, que sepa dónde se encuentra aquel en particular del juego y así, si en él se sienta y tiene un sueño para jugar podrá unir Cielo y Tierra... Y **Fali** seguirá vivo!!

¿Hay alguna voluntaria?

... y al realizar ésta pregunta **Fali** formó tal lio entre los pensamientos y deseos de los asistentes que ya en el futuro casi todos se veían participando en aquel juego, un lio tan enigmático como el **"LIO"** que dijo que dejaría de herencia para todos y para todo lo relativo a las historias venideras y así poder ganar la guerra contra el **Progreso**...y de nuevo repitía la pregunta:

<u>¿Hay alguna voluntaria?</u>